对我而言，绘画的意义，
大概就是通过无数次落笔排线，
去编织想要看见的那个世界。

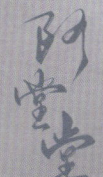

虫雾破局

01 构思

灵感的来源

灵感的产生往往是一个作品中最重要也是最难的部分。从草稿到完成还可以通过大量训练达到熟练操作,但灵感的出现是一瞬间的事情。有时候即使枯坐在桌前几小时甚至几天也完全没有头绪,我想这应该是大部分创作者都遇到过的困境。这也是最常出现在我的私信和提问箱里的几个问题之一:如何获得灵感?

通过一个作品,往往可以模糊地感觉到作者的性格。也就是说,人很难跳出自己的性格和经历,画出感知以外的东西。所以是每一段经历、每一次情绪起伏和此刻的表达欲,共同形成了画作最终的样子。

以这幅图举例。记得第一次看《藏海花》,读到吴邪和胖子经历虫灾这段时,印象最深的是:

"我们得去有小哥雕像的院子那儿。"

胖子问:"为什么?"

我说:"不知道,我总觉得有小哥的地方会比较安全。他不在的话,至少有他的雕像也比没雕像好。"

胖子道:"你他妈的也太迷信了。"说着他倒比我先动身了,我心说为什么要给小哥立雕像,难道就是因为小哥在这里曾经大退虫兵?

反正在我心里,小哥雕像所在的地方,或多或少应该有些不一样。

——《藏海花》第三十九章《血竭》

若干年后再读这段，印象最深的却是：

> 自己也不知道自己这样子走走、停停、歇歇、走走，一共走了多少时间，只觉得膝盖酸软，腰酸背痛，肌肉都劳损了。凭着一点点记忆和偶尔透过缝隙看到的一点特征，我们一直在往寺庙的门口移动。一直走到黄昏的时候，我们才跳出庙门。下面还有好长一段山路要走，这时我已经筋疲力尽，竹筐也不能保暖，我身上所有的皮肤都冻得发紫。加上这样的前进方式相当消耗体力，我们已经整整一天水米未进，我知道再这样下去，我们就算不被虫子咬死，也会被冻死饿死。
>
> ……
>
> 我们缩着身子，咬着牙关，不停地搓自己的身体，顶着接近零下的冷风，缓缓地走下山去。这几年的经历，让我的身体素质和意志都得到了充分的锻炼，否则我绝对走不完这条路。
>
> ——《藏海花》第四十章《误会》

这段触动我的是，即使不那么强大，不那么有天赋，但只要凭着意志不断往前走，也一定能在某天走出困境。所以我决定要把这瞬间的感觉记录下来。

对我而言，灵感就这样来源于每一次细微的情绪波动，可以是遇见的人、旅途中的风景、读到的故事，甚至可以是生活中不起眼的任何一件小事。曾经以为情绪过于敏感是件纯粹的坏事，但开始画画之后发现也不尽然。感受到十分，通过画面表达出六分，最后观众能感受到任何一部分，于我而言都是一场双向奔赴。画画最快乐的事莫过于此了。

▶▶▶ 画面的构成：

有了灵感，接下来就是如何从虚无中把画面找出来了。这一步我更依赖的其实也是感觉本身，比如在读到上述片段的时候，脑子里浮现出这样一个感觉，虽然还没有具体的构图，但有了关键点。一是极寒的温度和漫天雪雾；二是吴邪疲惫地望向天空的眼神，和绝境中与挚友相互扶持的手；三是在"幻觉"这个词之下的破碎和不确定。所以整个构图就围绕着这几个感觉来构建。

为了更接近真实的氛围，我找出了旅途中拍下的照片。

　　八月初的西藏,是在林芝还穿着短袖的天气。在越过一个海拔五千多米的山脉时突然下起了大雪,能见度很低,稍远的山在雪雾之下只是灰白的一片。几年过去,我对那段行程的记忆已经很模糊了,但在那场雪中,因缺氧带来的头昏眼花和扑面而来的冷风都深深地刻在了脑海里,所以决定在画面中也表现出这种感觉。

　　上图是在青海拍摄的寺庙外景。那是一个相当安静的地方,即使是在当地的旅游旺季也几乎没有什么游客,野草长得十分茂盛。印象深刻的是褪色的彩绘和斑驳的墙面,留下时间缓慢流过的印记。时间本就是故事最好的载体。

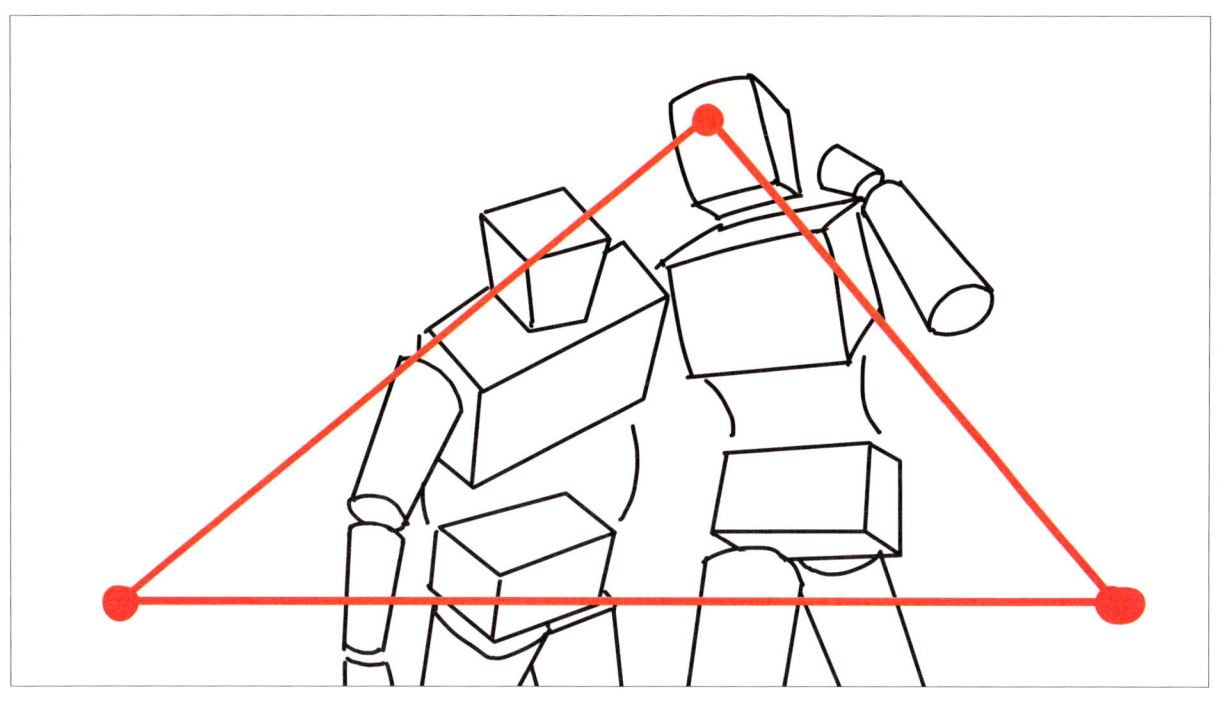

因为是挚友相互扶持，想要在构图上呈现出稳重可靠的感觉，所以使用了主角轮廓接近三角形的构图，同时画面重心集中在握住的手上。

这样就基本确定了画面想要达到的大致感觉：雪景中，冷灰调的天空和背景建筑，结合胖子点燃篝火驱虫的剧情，在近处主角附近用高明度的暖色火焰做对比。同时，为了符合"幻觉"这个主题，在画面周围安排了画布的燃烧破损。

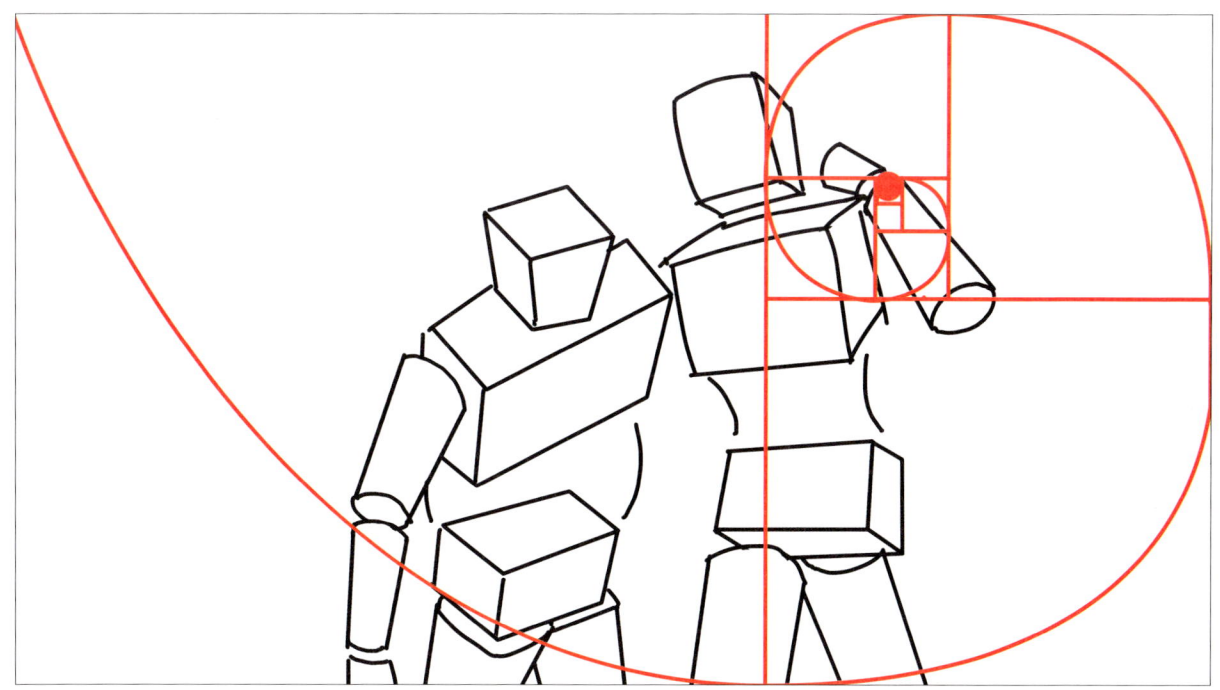

> 如果它们这么喜欢火的话，不如我们给它们来点更加暴烈的。
> ——《藏海花》
> 第三十八章《脱身》

02
草稿

定下氛围和构图之后,就可以开始画草图了。草图阶段的黑白小稿可以极其简略地概括整幅图想要的氛围。因为我在后期细化过程中很容易陷入每个地方都画得很细的陷阱,所以那时就会返回看看这一步,回忆一下最初想要达到的整体效果。

03
线稿

因为背景涉及建筑,所以简单地拉了一下透视线。不同颜色用以区别不同的角度。在透视线的基础上给建筑勾线。

给角色勾线并把角色和背景线合起来,重叠的部分用蒙版工具遮挡。

04
铺色

　　接下来就是铺色阶段了，先简单地给每一部分铺上固有色。需要注意的是，根据不同的画面情绪，画面一定是有一个整体色彩倾向的。比如这一张，主角们的情绪并不明朗，所以以低饱和的冷色调为主。又因为是在雪景中，背景之间的对比度也很弱，整体是雾蒙蒙的感觉。角色身上虽然有棕、绿、白、红等各种固有色，也需要在整体氛围不变的前提下进行一些微弱的色相变化。

05
第一次细化

因为在前一步已经确定了整体的色调，所以这一步直接在铺色的基础上细化就可以了，根据建筑受光情况直接加入明暗。主角因为在画面中更靠前，所以对比度和冷暖变化都比背景更强一些，根据受光情况给人物画上明暗。因为是在阴天，所以受光面会更冷，给受光面加入蓝色调。角色皮肤在寒冷的空气中会冻红，给皮肤比较薄的地方，如鼻尖、耳朵、手指关节等处加入红色。

要注意的是，这一步要整体同时进行，不可陷入某个局部，并且时刻检查整体氛围是否保持一致。

到这里画面就完成了百分之八十，基本接近最终效果了。接下来回头检查一下黑白小稿，看看有没有在细化中丢失一些最初的想法，以及有没有因为过度细化而让画面看起来油腻。确认没有问题之后就可以开始第二次细化啦。

06
第二次细化

　　细化是个很漫长的过程。对我而言，完成一张作品从构思、草图、线稿、配色到最后细化这几个步骤分别所占的时间比例大致是3∶1∶1∶1∶4。但细化的过程也绝不仅仅是一味地把每一个部分都画清晰，而是不断地调整，让画面更合理。比如藏更多颜色进去、增加衣物在战斗后的破损感、增加建筑外墙斑驳质感、刻画视觉中心让观众能第一眼注意到想要表达的点、把处于视觉边缘的内容虚化留白等。唯一的目的是让画面中所有的信息最终都导向一个目的，即故事情绪的传达。

完再画吧，但真的等到空闲下来的时候，或许那一瞬间的创作欲已经消失了。所以哪怕是涂鸦也好，生活中每一个这样突然燃起创作小火苗的时刻都应该立刻记录下来。

这也是另一个经常被问到的问题"如何从零开始绘画之路"的答案。至少对我来说，从零开始自学直到现在，所依靠的也不过是每一个想要表达的瞬间燃起的每一簇小火苗，照亮独自前行的漫漫长路。

>>>> 画面的构成：

在想象这个画面的时候，发现有趣的点在于，抱着兔子的小哥一定是面无表情的。在我作为读者的一点点理解里，他应该是不能体会到"宠物"这个概念的。文中的兔子之于小哥，或许与一草一木、一块岩石并无不同。但两者在画面中同时出现，淡然的神明和好奇的幼兽，明明相去甚远却正好达成了一种奇异的和谐，让人就很难不去想这一人一兔是如何遇见的，后来会如何，故事感也由此产生。

因为是发生在湖边的故事，我回忆了在旅行途中遇见过的湖泊。

和我所生活的城市不同的是，高原的天空看上去极低，云层覆盖山脉，紧贴着湖面，似乎一抬手就能触及。气候也是极其无常，往往这一秒还阳光明媚，下一秒就阴云密布。于是我决定在画面中也加上这个特点，贴近湖面的厚重的云。

结合原文，能看见湖面的波光和对岸的雪山，应该是一个能见度还不错的天气吧。所以画面的关键词就是：干净的色彩、小兔，以及和一切无关的眼神。

在构图上使用了对角线的斜布局。如果主体完全垂直或平行于画布，则会出现难以忽略的严肃感，在一些

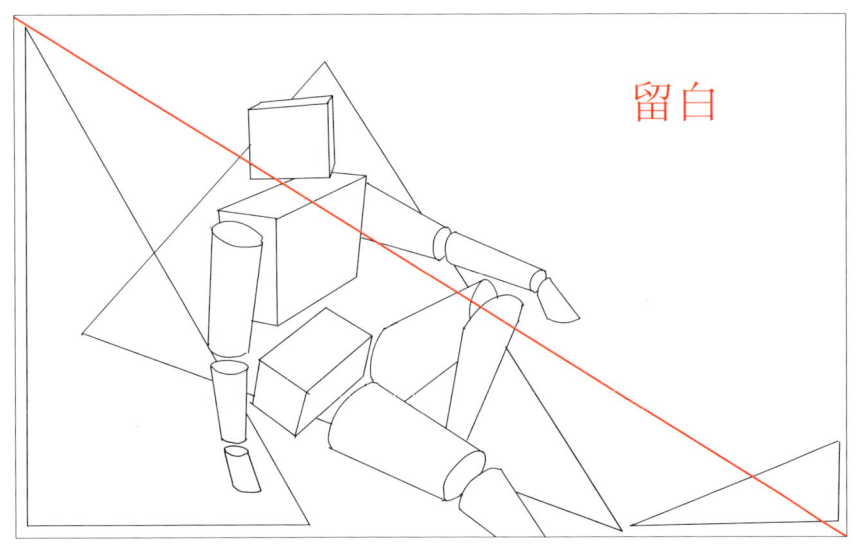
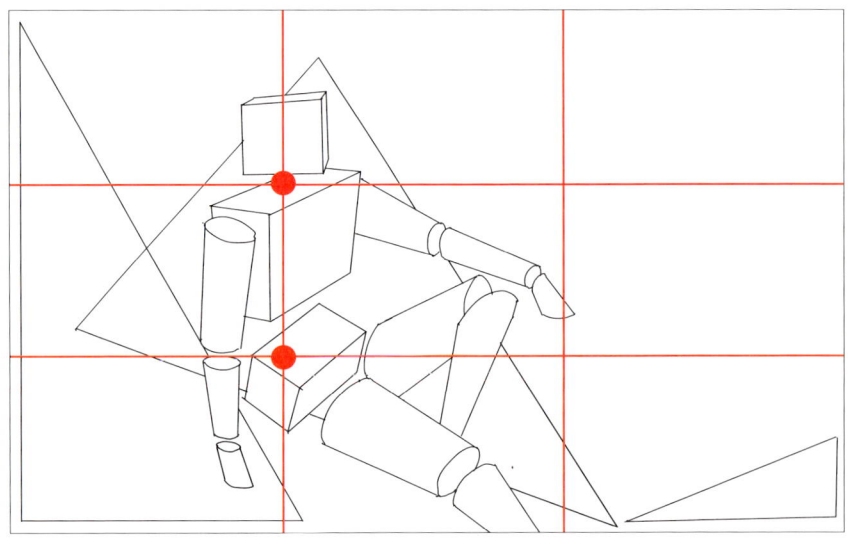

特定的故事氛围下会更合适，但这张我选择了相对轻松动感一点的斜构图。

如果画面中每一处信息都均匀排布，就会分散注意力，让观众第一眼不知道注意哪里。这时候可以把画面中的主要物体想象成简单的块面，就能更快地检查画面中的疏密排布是否合理。

把重要的信息放在视觉中心的位置，边缘留白，画面会更通透。

因为这张图想要表达的点在于表情淡然的小哥和一脸好奇的兔子，所以把这两个内容放在了九宫格的交叉点上。

02
草稿

　　根据上一步的构思画出黑白草图，整体分为近、中、远三部分。远景是湖泊与贴近湖面的云；中景是湖边的岩石和揣着兔子的小哥，也是画面中信息量最多的部分；近景是更接近观看者视角的岩石，遮挡住主体的一小部分，会更有空间感和故事感。

03
线稿

　　因为上一步对整个画面的概括已经比较完整了，所以这里除了稍微斟酌一下布料走向和首饰细节等小问题之外，就可以直接跟着草图勾线了。可能有小伙伴会问，既然最终画面会遮盖掉所有的线，为什么还要勾一次线呢？虽说这是个因人而异的习惯，但我确实在这里走过一段弯路。我曾经非常向往其他画师直接色块起稿的能力，于是自己练习了一年多。但那时明显是高估了自己，功底不那么深厚的初学者很难同时处理透视、结构、色彩、设计等诸多问题。后来我开始试着把问题分给每一步，每一步解决一点，反而顺利了起来。所以方式并不是固定的，找到自己最舒适的绘画方式才是最重要的。

04
铺色

　　提到湖泊，自然而然会联想到干净的蓝色，而云和兔子都是白色，所以配色大致分为蓝、白两部分。但只有蓝、白的变化又太单调，因此可以在视觉中心加入一些点缀色。为了不破坏整体效果，点缀色的饱和度不可以过高，需要看上去虽然有各种固有色，但整体还是"五彩斑斓的灰"。

05
光影

　　《虫雾破局》那幅画，因为是阴天，画面只受到微弱的天光影响，所以直接跳过了打光这一步。不过在日常有光照的环境中，加入光影可以快速带出体积感。这里不用太细，只需把人物和场景理解为简单的几何体块面，使用"正片叠底"模式平涂在阴影面，受光面用"线性减淡"模式提亮。

06
第一次细化

开始细化，按照光照的方向，为皮肤、头发、布料和岩石等各个部分画出真实质感。因为在上一步概括了光影，在此基础上继续细化就不容易让画面看起来散乱。在这里我会尝试一些粗糙的笔刷，在概括形状和制造肌理上都可以出现很多意想不到的效果。

还是主要注意整体进行，切不可在某个局部刻画时间过长。

07
第二次细化

继续细化，加入更多细节和色彩。我习惯于把细节加在视觉中心和明暗交界线附近，比如在视觉中心加入被风吹起的发丝、兔子根根分明的毛发和阳光照到衣服上的光晕。刻画明暗交界处布料的质感和褶皱，虚化次要的部分，如远景的云和近景的岩石。

因为发现上一步步画着画着又变灰了，所以把饰品的饱和度再提一提，同时在明暗交界线附近也藏一些高饱和。总之，这一步需要不断观察调整，让画面看起来更和谐。

08
总结

　　时常会觉得一张图从零开始到完成的这个过程，也是一个"想"的过程，通过一点一滴的理解，抹去画布前的雾，去看清楚对面的世界，而意义也就藏在每一次思考、每一次落笔中。不论结果是否能真正表达出最初所想，至少从拿起笔的那一刻起，内心就变得无比平静。

　　灵感不常有，要好好珍惜每一次燃起创作欲的瞬间，再次感谢三叔写出如此有趣的情节！

南派三叔

本名徐磊，浙江人，现居杭州。

著有"盗墓笔记"系列、"沙海"系列，及《藏海花》《重启》《世界》《南部档案》《雨村笔记》《良渚密码》《花夜前行》《天才与疯子的狂想》等。

阿堂堂

自由插画师。

擅长写实风格，希望通过画面表达各种情绪和故事。

作品曾收录于《雨村笔记》《侠影画韵》等。

致读者

花酒清明（特邀美术监修）

缘分真是很奇妙的东西，第一次在网上看到思堂的画时，我就感叹这是我向往和想象中的意境，只是没想到能跟画者相识，并见证她画集诞生的过程。

我跟阿堂的经历有些相似，所以可以想象阿堂一路走来，会经历多少困难、矛盾和自我怀疑。

其实绘画是非常难的学科，可能越是钻研就越难：光影、透视、人体、色彩等等，每一个部分都有复杂的学问。多少个孤独的夜晚挑灯画画，反复修改一处想象不出的透视，想要守住那一份喜欢的初心实在不容易。所以当听阿堂说她脊椎不好、睡眠不好，但是同时又很乐观并持续喜欢着画画这件事时，真是既心疼又佩服。

不过还好，这一切的努力都有了收获，要恭喜阿堂！这里有很多画面是我想看，但因为某些现实的原因没有办法画出来的，谢谢阿堂呈现的这些美好。

相信温柔又坚强的阿堂，以后也会带给我们更多好作品！

序言

南派三叔

我对阿堂堂的印象，多数和下雪有关。我也不知道这样的印象来自何处，听别人聊起她，总以为她是在雪国中作画的人，飘忽悠远。

得知《藏海花：覆雪归途》这本画集即将出版，也由衷地为她感到高兴，听说六年前才画下人生的第一笔，心中也多生出惊叹来。

在雪域中有一秘法叫作如藏，修持的人可以找回自己累世的技法。感觉阿堂堂可能就是如藏的法师，寻回了不知道是前世哪世的笔法。前世的笔今世的画，也能理解为何画中有时空流转的感觉，画的不知道是哪个平行时空的雪。

十分有幸《藏海花》这本小说能为其所喜爱，从文字中生发出这些花儿来，写字者退下，丹青者起舞，大家如今可入画踏雪寻一些梦了。

目录
CONTENTS

第一章 | 藏海花
001　南迦巴瓦里只有那个背阴的山坑之内,有一片藏花海。

第二章 | 放野时光
067　十五岁之后,张家的孩子便可以自己去寻找古墓,去建立自己的名声。张家把这个行为叫作放野。

第三章 | 三日静寂
077　张起灵需要知道自己是谁,他也需要理解"想"的概念。

第四章 | 印迹
091　就是从那里,我走向了人生中最黑暗的一段日子。如今可以回头看了,吴邪同志。

后记
141

索引
143

第一章 藏海花

南迦巴瓦里只有那个背阴的山坑之内，
有一片藏花海。

藏海浮生

那个故事已经结束了，
在故事的结尾，
张起灵带着他所有的秘密不知所终。
我以为我什么都知道了，
但是却发现，
其实关于他的，
仍旧全都是谜。

——《藏海花》 第一章 《起源》

我在当地一个华人开的古董行里盘货的时候，和老板闲聊起来我来这里的目的。那个老板和马家做过生意，显然是马家变卖了不少古董给他。他告诉我，和马家打交道的时候，马家总有意无意地提起一个叫墨脱的地方。

——《藏海花》第六章《命运的重启》

墨脱寻踪

　　墨脱的"邮局"有两种，这是因为墨脱是个相当特殊的地方。它常年封山，进出困难，所以早先这里正规的邮局只能接收信件，不能寄出信件，一直到近几年，才有了可以通邮的小路，但邮车也只限每周一趟。

——《藏海花》第七章《西藏油画》

麟光藏海

我不知道这种感觉是从哪儿来的，画中的人，上身穿着一件喇嘛的衣服，下身是一件藏袍，站在山间，背后能看到卡尔仁次雪山。不知是夕阳落下还是日初的光辉，整幅油画的基调，从白色变成了灰黄色。

……

这是一张闷油瓶的肖像画。

——《藏海花》第七章《西藏油画》

邮局·线索之人

藏族老人家很热情，看我分辨不清，对着锅炉房大喊了一声："陈雪寒！"这声音洪亮得好像邮局房顶上的雪都被震下了几寸，那个叫陈雪寒的人听到了老人家的叫喊，在人群中抬起头来，有些疑惑地看向我们这边，我立刻走过去。

那个人有一张特别黝黑的脸，皮肤粗糙，看上去竟然比远看年轻一些。

——《藏海花》第七章《西藏油画》

邮局·真相待启

我用汉语说道:「你好,请问邮局里的那幅油画是你画的吗?」

陈雪寒看了我一眼,之后点点头。我发现他的眼睛没有什么神采,那是一种过着特别平静生活的人特有的眼神。因为太多平静,他不需要经常思考很多的问题。

我递了根烟给他,问他油画的详细情况。陈雪寒表现得有些意外,打量了我一下,把锅炉的闸门关了,问我道:「你问这个干什么?你认识他?」

——《藏海花》第七章《西藏油画》

在大喇嘛的卧室里,我们喝着新煮的酥油茶,等他一点一点把事情说完。卧室里点着炭炉,十分暖和,我一边微微出汗,一边听着小哥那一次在人间出现的经历。

——《藏海花》第八章

按照寺庙里的习俗，那天老喇嘛把门前的雪全扫干净，并在庙门前放三只大炭炉，不让积雪再次覆盖地面。这样的举动在寺庙建成后，每十年就有一次，虽然老喇嘛并不知此举何意，但是，历代喇嘛都严格遵守。

那个中午，第四次去为炭炉加炭时，老喇嘛看到了站在炭炉前取暖的闷油瓶。

——《藏海花》第八章

这里暖和

老喇嘛:「贵客为何在我们门口停下来?」

闷油瓶:「这里暖和,我取一下暖,马上就走。」

——《藏海花》第八章

老喇嘛："贵客从哪里来？"
闷油瓶："我从山里来。"
老喇嘛："贵客到哪里去？"
闷油瓶："到外面去。"

——《藏海花》第八章

雪山来客

一片漆黑。月光下的院子特别昏暗,老喇嘛停了下来,去点油灯,这个时候,闷油瓶抬头看了看天空。

"我记得这里的星空。"闷油瓶自言自语道,"很久以前,我应该来过这里,我依稀记得,我在这里的某个房间里,为自己留了什么东西。"

——《藏海花》第九章《关于闷油瓶的关键线索》

夜访吉拉寺

经旗涌动

闷油瓶思索了片刻，蹑手蹑脚地循着声音走去，穿过几块毛毡，就看到在四块毛毡的中间，躺着一个东西。这四块毛毡挂得十分整齐，四四方方的区域似乎围出了一个房间，那个东西就在当中的地板上，正在轻微地颤动。那是一个女孩儿，她的头发十分长，有着典型的藏族脸形，身上也盖着一层毛毡一样的东西。

——《藏海花》第十七章《冰封的神湖》

他看到了一片碧蓝的湖面，在悬崖上往下看和在湖边时的观感完全不同。在这里，阳光被充分折射，那片蓝色简直澄净得不像天然可以生成的，而像是蓝色的丝绸，被死死绷在雪谷中。

最让人无法移目的地方，是湖面中倒映的巨大雪山。

白色的雪山倒映在湖面上后，竟然变成了一种奇异而魅惑的蓝色。湖边耸立的雪山神圣、肃穆，让人的心灵有一种无法言说的悸动，而湖面上倒映的雪山，比白色的雪山更加神秘而宁静。

——《藏海花》第十九章《阎王骑尸》

蓝色雪山

吉拉往事

沉默的石像

这是小哥的背影。他穿着一身黑色的雪地冲锋衣,安安静静地坐在天井的石头上。四周都是积雪,他似乎一点儿也不冷,而是完全澄净地进入到了他自己的世界当中。

——《藏海花》第二十章
《独立于其他文明的邪神》

在这次通话中，我把我在这里发现的事情和胖子说了。胖子听到我发现小哥的画像时，状态一下子就变得很兴奋。听他的语气，似乎不是对我说的事情有兴趣，而是好像从我这些话语中听出了什么，在沉思和怀疑。

"你先不动声色地待着，把地址给我，我用最快的速度赶到。"

我心中一暖，刚才那一丝淡淡的慌乱也没有了。我把地址念给他听，知道他最快可能一周就能赶到这里，便放下了电话。

——《藏海花》第二十二章《召唤胖子》

墨脱旅途

我的脑子嗡了一声,几乎被吓晕过去。在喇嘛对面坐着的那个人,竟然不是别人,而是我自己。不,我当时脑子混乱,有点语无伦次。不是我自己,而是,我看到了一张和我长得一模一样的脸。

——《藏海花》第二十五章《不知道从何而来的暗号》

我拿着我的血手,对着前面的那些虫子甩去。血水甩了出去,滴到了地板上,忽然间那些虫子全部散了开去,似乎在躲避我的血一样。胖子就道:"咦,又来了。我去,行啊你。"

——《藏海花》第三十八章《脱身》

「好了，请允许我卖个关子，如果你想知道更多，那就加入我们吧。」

「最后一个问题。」我叹了口气，觉得自己已经基本上被说服了，「闷油瓶留在雪山中的，到底是什么东西？」

「就是那只青铜六角铃铛。」张海客道，「得到了这个东西，我们才能进入张家古楼，看到张家保护了那么多世纪的秘密到底是什么。」

牧羊者

十五岁之后,张家的孩子便可以自己去寻找古墓,去建立自己的名声。张家把这个行为叫作放野。

放野时光

第二章

但张海客特别在意的是,他在张家本家经常能看到一个特别孤僻的小孩,这个小孩不说话,也不和其他小孩一起玩,只是一个人静静地站在天井里,或者站在天井边的廊柱下面,看着天井上的一片天空,愣愣地发呆。

——《藏海花》第四十三章 《闷油瓶十三岁》

血脉之罪

"他八九岁的时候,被人带入了泗州古城之下,当作采血和苦力,之后,他应该是了解到了古城中埋藏的秘密。那东西现在我也知道了,就是张家族长身上的信物。"

——《藏海花》第五十三章
《爆炸之后的意外》

在往西走的过程中,他们特别巧地碰到了另外一批放野的张家人,也都是十五岁左右的小孩。

……

几个人跑到马庵村附近,假装小孩玩耍,仔细打探了敌情,发现最快到达坟包的方法就是在森林里一路打地道到山下,从山里直接去挖。

——《藏海花》第四十四章《放野》

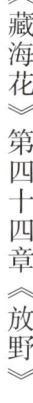

张海客他们鱼贯进入并打起火把，进入砖墙之后，他们就发现这里的情况和他们想的完全不同。

首先是泥浆，砖墙之后是一个巨大的石厅，除了他们这一面砌的是砖，其他的部分全部都是大型的条石，但也看不出是什么材质的石头。整个大厅里灌满了泥浆，四周有一条非常斜的石沿，可以行走，那具尸体就坐在石头沿上。

——《藏海花》第五十章《泥浆池》

第三章 三日静寂

张起灵需要知道自己是谁，他也需要理解「想」的概念。

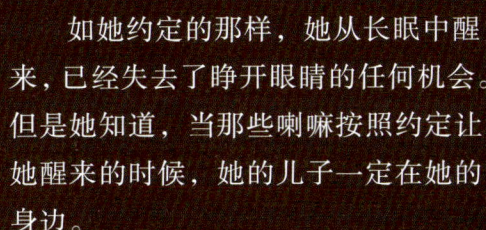

三日静寂

　　如她约定的那样,她从长眠中醒来,已经失去了睁开眼睛的任何机会。但是她知道,当那些喇嘛按照约定让她醒来的时候,她的儿子一定在她的身边。

　　那一定是一个有血有肉的孩子,感知着人世间的喜怒哀乐。她能够感觉到儿子的温暖,他的呼吸,他的心跳,他真的来了。

　　她用尽了所有的办法,只为自己争取到了这三天时间,虽然不够,远远不够,她想看到这个孩子成长的所有片段,所有瞬间。但是,三天,这寂静的,只有心跳声和呼吸声的三天时间,已经是她能做的全部了。

　　张起灵抓着妈妈的手,他不知道自己为什么要这么做,但是他感觉到了从来没有过的情绪。他觉得自己抓着人世间最后一丝自己的痕迹,最后一丝自己愿意去想的东西。

　　　　　　　　——《藏海花·三日静寂》

他凿了几下,忽然发现了自己手里的凿子,意识到了自己正在做什么。几乎是同时,心中一股难以抵御的痛苦,涌上了他的心头。大雪中,他坐了下来,蜷缩成了一团。

——《藏海花·三日静寂》

石破生花

雕刻灵魂

"你不能是一块石头,让你的母亲,感觉不到你的存在。"一年前,上师和他说道,"你要学会去想,去想念。你妈妈送给你的第一件也是最后一件礼物,会是你被那些人遮蔽的心。"

三天之后,张起灵来到了那块石头的跟前。他习惯性地拿起凿子,开始凿起来。

他以前不知道自己凿这个东西,是为了什么。

——《藏海花·三日静寂》

先有了,然后没有了,才是佛。而生来就没有欲望的,是石头。张起灵需要找到自己的"想",上师让他每天淬炼院子里的那块石头,只要他内心有一丝"想"那块石头变成什么样子,那块石头就会出现有意义的形状。

——《藏海花·三日静寂》

哭泣的石像

第四章 印逝

就是从那里，
我走向了人生中最黑暗的一段日子。
如今可以回头看了，
吴邪同志。

雨林小憩

这个人的身形我相当熟悉,但是那一霎,我没有认出来,他穿着一件黑色的卫衣,身边放着一个很大的背包。
"小哥。"他转过头的时候,我认出了他,"你怎么……怎么回来了?"
他淡淡地看着我,很久,才说道:"我来和你道别,我的时间到了。"
——《盗墓笔记8·大结局(下)》第二十四章《交代和流水账》

记忆中的站台

分别之前

结束了。我愣了片刻意识到。

我回到了小变电站里。

缓缓地,我的手脚感觉复苏,鼻腔的剧烈疼痛感开始袭来。满喉咙的血腥味,所有的血都成了浆状糊在我的喉咙口。

在所有回来的瞬间,我内心总有一丝非常难过的情绪,会让我沉默片刻。

幻境还是不要太过美好,因为终究会消逝。你以为你获得了,抓住了,其实什么都没有。这种回忆和我真实的回忆并没有什么差别,人本身就不能真正拥有什么。

——《盗墓笔记》2014贺岁篇《幻境》尾声

离人悲

巴丹是沙漠发现者的名字,巴丹进入该沙漠时共发现六十个海子,吉林是蒙语六十的意思,所以后人就以『巴丹吉林』命名此沙漠。

——《沙海1·荒沙诡影》第十五章《巴丹吉林》

吉光片羽

我时常做两个奇怪的梦,一个是关于胖子的,一个是关于闷油瓶的。

关于闷油瓶的那个梦,我常梦见在雪山中,我和闷油瓶两个人前后攀爬,他总能找到一条比较稳固的路线,我踩着他的脚印,稳稳地往上。

风是迎面刮来的,我抬头看向山顶的时候,能看到雪花从山顶倾斜而下。

我知道我们在极高的地方,这里空气稀薄,但是在梦中并不太能感觉到,甚至在这里,寒冷都没有那么明显。

我不知道这是我哪一段记忆的映射,是当年在西藏一个人冥想的时候,冥想出的幻境,还是在长白山,我最后送他时,那一段无声的路途。

——《盗墓笔记·彼岸》

这里太冷了,我死后,不会被降解,几千几百万年地存在于这里。我可以坐在这里,让风雪把我凝固。根据我的经验,闷油瓶几百年后,都会看到我此刻看到的这个瞬间。

——《盗墓笔记·彼岸》

雪落白头

风雪与道别

雨村笔记

飞瀑流光

"我有一次在福建南边的山里寻访到一个村子，村子的风水很奇怪，坐落在一个山谷的半坡上，有六条瀑布溅起的水常年落在那个村子里，好像下雨一样。村子里的老人说，以前有僧人游居过这里，写过一首诗，说这里百年枯藤千年雨，很漂亮，水很干净。村子附近有很多的大树，村民很纯朴，我准备去那儿待一段时间。小哥的话，他出来之后就自由了，他会去哪里，我不知道。"

——《盗墓笔记·十年》

开摩托车的人很奇怪，我看了一眼才反应过来，竟然是陈雪寒。他怎么来了？看这车，是从墨脱开过来的。

正想上去迎接，从他的车后座上下来了一个人，是一个喇嘛，就是当时在墨脱招待我们的年轻喇嘛之一，如今已经长成一个中年人了。

他对我行礼，那个瞬间我几乎感觉到墨脱的雪花扑面而来。

我过去回礼，在福建的竹林边上，我们犹如在雪山之中初见。

——《雨村笔记》第二十三章《木框架》

喇嘛过去,对着闷油瓶行了个大礼,就把包裹献上,并用藏语说了一段话。闷油瓶接过了包裹,他们立即就离开了。西藏到这里千山万水,但他们没有一刻停留就回去了。

——《雨村笔记》第二十三章《木框架》

和闷油瓶说的时候，他看着我的眼睛，点了点头。

我觉得他是考虑了一下，又似乎没有考虑。

胖子打电话给那边的朋友，我开车，他在副驾上的时候，他的身体转得比较扭曲。他有点不想让我听到电话里的声音，我心中暗叹，他肯定在安排一些我听到会质疑的节目。

——《雨村笔记·旅行篇》第二章

务柯嘉波

「务柯嘉波?」我就听到边上一个正在看热闹的老人,看着闷油瓶,惊讶地叫道。

我问江白「务柯嘉波」是什么意思,江白告诉我:

「就是枪王,马上射火枪,战争时期,最厉害的战士,叫作务柯嘉波。」

——《雨村笔记·旅行篇》第五章

重返吉拉寺

小站四周的山上、路上站满了喇嘛,他们像行注目礼一样看着我们的车,非常安静。我们的车到了小站停下来,我和胖子先下车,然后是闷油瓶。漫山遍野的人开始行礼诵经,闷油瓶看着所有人。有一个喇嘛从人群里走出来,就是之前送骨灰过来的那个,和闷油瓶点头致意。

我被这场面震撼了,那喇嘛献上了一杯酥油茶,说道:"贵客,又来了。"

"又来了。"闷油瓶说道。

——《雨村笔记·旅行篇》第七章

闷油瓶看着远方,摇了摇头:「那是他们的石头。」

这个只是我在寻找他的路途中的一个信标,是他追寻自己身世的另外一块石头。

那是他们的石头。

虽然希望这雕像只是被搬到了这寺庙的某间废弃的房间里,但如果敲碎了铺在我们四周,我忽然觉得也可以接受。

这似乎有一种禅意。

——《雨村笔记·旅行篇》第十四章

墨脱温泉乡

以前，看到壮丽山川和深渊奇迹的时候，

我以为世界上的美景是无穷无尽的，

永远看不完，也永远走不完。

但现在我知道了，

这个世界是有尽头的，

一切都是有尽头的。

后记

　　感谢读到这里的你。

　　打下这行字的时候依然觉得这一切很不可思议，从开始一点点摸索着画画，到如今能攒出这本画集。这几年的时间里时常会觉得不真实，有时从梦里醒来会觉得自己还是那个从事着和绘画无关工作的忙碌小职员。记得当时工作地方的楼下有家便利店，每天在店里吃早点的时候都能听到循环播放的歌，有一天和往常一样买完早点坐在窗边，偶然听到那句"最想要去的地方，怎么能在半路就返航"时，愣住并呆坐了很久。就在想自己真的要这样度过一生吗？会不会在几十年后的某一天，想起这句话，再后悔没有稍微为自己争取过呢？

　　一直都在听着诸如要选择更合适的专业、更稳定的工作，不要让身边的人失望之类的话，但又隐约希望生活不仅仅是这样，想要追逐自己想做的事，表达出脑海里各种各样的情绪和故事。如同幼时遵循着本能在地上乱画、少时在作业本上画满涂鸦，想要画画这件事，自然而然地充斥着成长中的每一刻。

　　但不得不承认，在生活的洪流中坚持自己的小爱好是件困难的事。是困难，也是救赎。在无数个下班后的深夜里，赶在第一缕阳光升起前，躲进虚无的画布中，在一遍遍画着的雪山、深林和古老建筑里寻得平静。那时候的我并不太敢去奢望结果：这张画最终能完成吗？会好看吗？会不会有观众产生共鸣？只是日复一日地沉浸在这个过程中。

　　好像到现在为止，已经走过了很远的路。从曾经觉得不太可能实现的童年愿望"想要从事绘画这份工作"，也渐渐走到此刻坐在电脑前开始写后记的这一步。如果要用一个词总结，我想说大概是"幸运"吧。我并不属于拥有最专业的技法、画得最好，或是最有天赋的画手。但恰好就在那一天，收到来自南派三叔公司的约稿："阿堂最近接不接稿子呢？"现在想起来还是觉得很开心，这样的缘分就像是冒险故事的开篇："你这里收不收拓本？"

和《盗墓笔记》相识至今已经十多年了，第一次接触到这个故事是在高中时期，记得当时眼睛做了一个小手术，之后要闭眼休息一些日子。在那段时间里，全靠听故事度过。那时觉得这个故事真有趣啊，漫长的黑暗也变得不再难熬。因为什么也看不见，反而更容易在脑海里想象：故事中的角色们都是什么样子的呢？那些场景一定很惊心动魄吧？

从那以后一直到今天，这个故事始终陪伴我成长。一年一年，主角小吴从天真变得成熟而坚韧，我想我也是的。在一些熬夜后头痛欲裂的清晨，或是在创作中感到绝对孤独的时候，想到《沙海》中的小吴、《藏海花》里的小哥，以及胖子是如何化解痛苦的，就会觉得：没关系，他们都可以做到，你也可以。再坚持一下。

2018年画下了第一张《盗墓笔记》的图，那时候甚至产生了一些近乡情怯的感觉，因为很喜欢这个故事，所以不敢下笔，觉得不管怎么画都和心中他们的样子尚有距离。之后的时间里，旅行走过了很多地方，去感受故事中提到的风景，画下了福建的山、杭州的雨、西藏的雪和长白山的离别。这也是我认为绘画最重要的部分，是在双眼能看见的景色本身以外，是情绪和感知。画山不仅仅是画山，是或冷或暖的温度，是带着泥土气息的风，或是带着雪意的空气，是曾经发生在这里的故事。希望读者和画中人对视的时候，可以回到当时读到这里的心境中。

创作画集的这几年，每一天都简单而珍贵，可以小到寒来暑往都停留在一桌一椅前，但也大到如坠入眼前画布所展开的广袤世界中。直到某一天发现画完了，一时间甚至感到不知所措。但无论将来如何，能拥有这样一段纯粹的画画的时光真是太好了。是即使若干年后回想起来，也会觉得"真幸运啊"的程度。任何故事都会告一段落，它既是一段过往的总结，也是新的开始。就像一直在埋头敲石头，然后突然有一天，它有形状了。希望我能稍微描绘出这个故事的形状。

最后做了两个绘画过程的分享，聊了聊一幅画从想法的产生，到在画布上去实现的整个过程。记得在我初识画画的童年，最早的启蒙就是通过书店中各种画集里的教程东一榔头西一棒子地自学。这两个过程，比起叫作教程，还是闲聊更合适一点，因为创作方式本是不固定的，我也是在不断地尝试，然后找到适合自己的方法。总之很高兴把绘画过程分享给大家，希望通过这些闲聊，让喜欢这个故事和喜欢画画的小伙伴都能找到感兴趣的地方。

索引

藏海浮生　P002

念珠　P004

线索之初　P007

墨脱寻踪　P008

麟光藏海　P010

邮局·时光印记　P013

邮局·线索之人　P014

邮局·真相待启　P017

吉拉寺　P018

到这里来　P021

吉拉篝火　P022

这里暖和　P025

 雪山来客　P027
 夜访吉拉寺　P028
 诵经　P031
 藏地飞鹰　P033

 经旗涌动　P035
 圣山之下·一　P036
 圣山之下·二　P039
 阎王骑尸　P040

 蓝色雪山　P042
 吉拉往事　P045
 吉拉笔记　P046
 沉默的石像　P049

 墨脱旅途　P050
 真假吴邪　P052
 亡灵边界　P054
 虫雾破局　P057

 前往未知　P059
 雪域　P061
 怀中苎兔　P062
 牧羊者　P064

 雨中天井　P069
 血脉之罪　P071
 放野时光　P073
 少年起灵　P074

 万念皆空　P078

 三日静寂　P080

 石破生花　P082

 雕刻灵魂　P085

 石中的心　P086

 哭泣的石像　P089

 无尽旅途　P092

 麒麟显　P094

 雨林小憩　P096

 墓下　P098

 隐入人间　P101

 记忆中的站台　P103

镜中自我　　P104

分别之前　　P107

幻境终点　　P108

离人悲　　P110

吉光片羽　　P113

雪夜　　P114

永恒碎片　　P116

雪落白头　　P119

林中印迹　　P121

风雪与道别　　P122

雨村笔记　　P125

飞瀑流光　　P126